KB120683

나비, 참을 수 없이 무거운

시작시인선 0402 나비, 참을 수 없이 무거운

나비, 참을 수 없이 무거운

강문숙

천년의시작

시인의 말

생生의 멀미라고 해야 하나
시도 때도 없이 생기는 이 어지럼증
설렘을 빙자한 나의 처음이자 가장 나중인 그것

다섯 번째 부끄러움 앞에 오백 번은 더 부끄럽다
부끄러워하다가 혼자 웃는다, 비로소
나로 살았다는 흔적 아닌가

최선을 다해 삶이라는 것에 허리 구부린 시간들
못다 한 말들은 이제 강물에 풀어놓고
저 높은 곳을 향해 엎드릴 일만 남았다

2021년 십일월
강물소리姜沕笑里에서

차 례

시인의 말

제1부

단추

작아서 온몸인 것들의
저 치열함이
세상 모든 문들을 열고 닫는다

똑, 딱, 단호한 절규가
가슴마다 결연하게 박혀 있어서
온몸이 온 입인 채
날개도 없는 몸짓이 일생인 채
모순의 접점에서 하나가 된다

가만있어도 이가 딱딱 부딪히는
엄동설한, 봄이 오길 기다리듯
간절하게
얼어붙은 우주의 옷깃을 잠근다

하루에도 몇 번씩 열고 닫아야 하는 것들로
나는 어지럼증을 달고 산다

작아서 온몸인

몇 조각 사과와 귤 한 쪽이 몸 섞은 애플차
향기 유난하여 스푼으로 뒤적인다
빨갛고 투명한 석류 알 서너 개
뜨건 물속 거친 과일 조각들 틈새
동기동기 떠올라 그늘조차 환해지는 오후

뭘까, 죽은 언어를 살리는 시인의 존재는
남들이 보면 세상 쓸모없는 호작질이라 웃지만
맑은 이슬 속에서도 뼈를 찾고
풀잎 속에도 칼이 있어 파란 피를 보고 말 것이라는

부서지지 않고 온전히 제 몸으로 솟아올라
향기를 만들어 내는 투명하고 붉은 것
작아서 온몸인 저 말들에게
나는 미안하다, 미안하다 오래 울고 있겠다

씨앗

마침표 속에 시작이 살고 있었다

맥문동 까만 씨앗 흩뿌려 놓은 앞마당
봄 지나고 여름 무성한 잡풀 사이
어디에서도 기척 없더니
장마 긋는 행간을 뚫고
파릇한 싹을 마구 밀어 올린다
일전에 쏟아지던 우레와 폭우가
괜한 일이 아니었구나
마침표를 찍은 어떤 생이
다시 한 우주를 밀어 올리느라
용을 써댄 것

언젠가 당신이 한밤중 울음 끝,
놀랍도록 환해지던 아침 눈동자가
꼭 그러했다

분꽃

긴 장마 속에도
돌담 아래 숨었던 볕이 있었나
생각난 듯 꽃은 피고
기억 지우듯 까만 분콩 영글고

너를 기다리는 마음
추녀 끝에 낮달로 매달려
한눈파는 사이
깜빡, 혀끝 깨무는 순간
붉은 핏자국

너는 아직도 거기서 웃고 있는지
하얀 분단장 얼룩지는 것도 모르고
여름 지나도록 울고 있는지

편지

비는 하염없고,
휴대폰 만지작거리다가
나는 밤새 손가락을 꺾느라 너무 아팠다
보고 싶어, 하면서 백 번
저 별은 너무 하얘, 하면서 천 번
.
.
.
겨우 두어 시간 잠들었나
가까스로 비 그친 아침, 눈을 뜨니
머리맡에 손가락이 수북하네

투명한 손님
—봄비에게

얼마나 조심스러운지, 저 손님은 내 방 머리맡 작은 창문을 열어 놓은 걸 눈치챘는지 사뿐히 뒤꿈치 들고 한 음계씩 높아지는 건반 소리 자박자박, 여린 나뭇잎을 골라 디디며 오고 있네 흔들리는 건 파랗게 피 돌던 잎들이 아니라 쿵, 느닷없이 떨어지며 파문 이는 어둠의 목덜미 언젠가 당신이 그렇게 왔을 때가 있었지 새벽에 이는 바람 스치기만 했는데 비릿한 공기 소스라치듯 아릿하게 떠오르는 환幻

빗방울은 온전히 투명한 눈동자여서 꽃신도 신지 않은 맨발로 가만가만, 별도 없는 이 밤을 건너오지

여름, 희다

여름에 내리는 비는 희다, 아프다
발등 찍힌 채 칭칭, 하얀 붕대를 감고 절룩이며 걷다가
홀연히 돌아보면 온통 진창이다

몇 년 사이에 너무 많은 이들이 사라졌다
다시 기억의 틈을 비집고 들어온 단애의 시간들
흰 그늘의 슬픔이 짙어진 오후 세 시쯤
쏟아지는 눈물 속으로 내 뼈는 하얗게 부서지고

하늘은 한쪽으로 희뿌연 빗살을 뿌리며 기울어질 듯하다가
우레를 숨긴 채, 곧 제자리에서 눈꺼풀만 겨우 닫는다

누군가 입을 열어 말을 붙인다면 줄줄 흰색으로 흘러나와
순식간에 나를 에워쌀 것 같은 저 빗줄기의 감옥
나는 기꺼이 최선을 다해 미쳐 갈 것이다

그 흰빛에 갇혀 종일 반복 재생하는 음악처럼
칠월 장맛비는 마디가 없다, 길다

입추

가을을 정기 구독하려는데
별책 부록으로 따라온 태풍 몇 개

귀뚜라미 소리 아직 귀 열지도 못하고
빗소리 몇 날을 채우다 말 건가

빗물 들이치는 줄도 모르고
귀는 자꾸 팔랑거린다

어디, 어디쯤?

궁금한 것 너무 많아 오목해진 내 귀에
밤마다 물음표가 걸린 지 오래

바람을 앞세워 당신이 올 것만 같아
새벽 창을 열어 두었는데

아직 도착하지 않은 것들이 너무 많다

만추

높은 하늘 더듬으며 기어오르던 검은 바위

참다못해 꽃하품한다

연보라색 구절초 한 무더기 입에 물고서

하늘 연못에 두레박을 던진다

다만,

새벽 한 시에 풀잎을 때리며 네가 우는 줄도 모르고
느닷없이 내리는 저 빗소리를 받아 적고 싶었다

LP판 찌지직거리며 흐르다가 끊어졌다, 다시 이어지는
저 늙은 오페라가수의 바이브레이션 충만한 목소리

한 번도 가 본 적 없는 잉카의 얼굴 마추픽추에 올라
웅웅, 귓바퀴 돌아 몰려드는 공중 도시의 얼굴을 받아 적
고 싶었다

겨우 이 비루먹은 당나귀 꼬리 같은 한 줄 글을 쓰기 위해
빗소리를 가수의 목소리를 바람의 옷자락을 잡고 늘어졌나

받아 적지 않아도 비는 비의 목소리로 젖고
바람은 마른 입술로 침묵을 안고 가는 동안 연필이 다 부
러졌다

바람의 공고公告

성급하게 먼저 낯을 내던 바알간 땡감 하나

그만 발을 헛디뎌 길가에 나앉았구나

누군가 지나다가 저 가을 으깨지 마라

사람의 조심성 없는 걸음이든

막무가내 바퀴의 무례함도 용서하지 않으리라

다만, 숲을 짓느라 높은 가지 옮겨 다니다

세상 궁금한 다람쥐 한 마리 내려와

하필 그 얼굴 비비며 잠시 꼬리 내린다면

그것만은 내 짐짓, 눈감아 주리라

부르튼 입술
—백신

너 그런 것 해 봤니? 죽을힘 다해 어떤 강을 건너려고 하는데 발을 내딛기도 전에 마음이 먼저 징검다리를 헛디디는 것, 물 위에 떠 있는 돌기의 흔들림 한 발 두 발, 적시다 보면 발목이 꺾일 때도 있다는 걸 알아 버린, 근심은 당겨지고 우린 그 강을 건너겠지만 그렇다 해도 그 강물에 익사하는 일도 허다한 생의 부푼 언덕들, 그러나 피할 수도 없는

내 몸의 그 지독한 떨림이 제일 먼저 입술로 터져 나와 말이 되기도 전에 빨갛게 부르텄지 않겠니, 말간 물이 잡힌 언어로 사랑한다 말하면 그 말에 발목 잡힐까 봐 입술을 깨물었던 게 잘못이었던 거 같아 엘리 엘리 라마 사박다니 예수도 입술이 부르텄을 거야, 그의 사랑은 또 얼마나 아팠겠니 멀리 간 너는 다시 돌아올 수 없고

십이월

날씨가 엄청 추워졌어
나무들도 떨고 출근길 강물도 떨고 있는 것을 보았어
나도 덩달아 춥지 않게 떨었어
아무리 추워도 너는 떨지 않았으면 좋겠어

겨울 아침 떨리는 손으로 보내온 문자
그런데, 나는 따스해지는 것이었다
떨고 있다는 너의 야윈 말 속에 내가 들어 있었거든

하지만 알고 있지, 나도 떨고
너도 떨고
우린 마찬가지로 떨고 있다는 걸
生은 어떤 식으로든 최선을 다해 떨어야 한다는 걸
깜빡 잊을 나이가 되었지

점멸등처럼 12월이 가고 있다

여우꼬리풀

저 붉은 여우 꼬리는 우아하고 도도하다
도시의 어둠처럼 치열한 생존 방식이 면죄부일 수는 없지만
아홉 가지 내면을 숨기고 살아야 하는 것이라면
그도 계절마다 옷을 바꿔 입는 나무와 다를 바 없다

계략을 감추었을 때 꼬리는 찬란해진다
백번 재주를 넘고서라도 사랑을 쟁취하려는
치명적인 매력 앞에 누가 뒤돌아서겠나

온몸이 꼬리가 된 줄 모르고
절정의 순간은 언제 오나 두리번거리다가
풀이라 이름 부르던 담백함에
여우라는 꼬리표를 다는 것은 신의 한 수였다

어느 겨울, 발목까지 푹푹 빠지는 눈길을 걸어가는
산골 마을은 적막했다
반짝이며 몇 송이 눈이 나뭇가지에서 뛰어내릴 때
그 속에 숨겨진 꼬리를 본 듯한

전설처럼 요사스런 여우가 문득 폭설 속으로

사라진 꿈속

눈 깜짝할 사이에 희게 빛나는 꼬리 하나

내 가슴을 스쳤는데 붉은 반점이 온몸에 번졌다

낯선,

담장 위로 고양이가 지나간다
의혹의 눈길을 던진다
불온한 기미를 읽었다는 듯
돌아보는 고양이와 눈이 마주친다
햇살도 먼지도 정지 화면

무심한 듯 적의에 찬 시선으로
일면식도 없던 나를 노려본다
왜? 내가 뭘?

단 둘뿐인 공간에서는
자신만을 믿어야 한다
물러날 것인지
앙칼진 소리와 함께 발톱을 세우며
맞짱 뜰 것인지

맞은편 지붕 위로 뛰어오른다, 고양이
정말 못 본 척 등을 돌린다, 나
서로 다른 세상의 사물이 되어
아무런 일도 없었다는 듯

\>

낯선, 또는 날 선 시선들이
봄 햇살을 능가한다

콸콸콸, 엄마는

나를 세상에 내보내면서 울었을 그 눈물 한 방울이 하늘
로 올라갔다 그 물방울의 일생 돌고 돌아 아래로 흘러 오늘
은 엄마를 보내는 내 눈에서 출렁인다 엄마 돌아가시고 세
상의 문이 닫히는 날 나는 아무것도 할 수 없어 아무 데서나
기울어져 울었다 엄마는 다만, 세상이었다 엄마는 도무지
입이 없었다 귀도, 눈도 없었다 오직 둥근 젖가슴만 있어서
콸콸콸, 쏟아지는 젖으로 온 땅을 적시었다

담론 2

새벽마다 일 백인을 호명하며 기도하고
소찬의 나물 밥상 공손히 받으시는
이제 몸조차 하늘과 땅 사이에
겸손하게 오므리시는
구순의 내 어머니 심순행 권사
두 손 가지런히, 마른 입술 오므리고
깊은 잠드시는 초겨울 밤

저 인생이란 담론談論 앞에 머리 숙이다

제2부

나비, 참을 수 없이 무거운

나비의 날갯짓을 가벼움의 상징이라고 생각하는 것은 보편적이다, 하지만 나비의 고요한 순응이 진심이 아닐지도 그 날갯짓의 무게는 참을 수 없이 무거운 것일지도 모른다

애야, 나비 곁에서 눈 비비지 마라 네 눈이 멀어 버릴지도 몰라 허공에 찍힌 필사적인 날개의 지문을 보았는지 엄마는 꽃밭 근처에도 못 가게 했다

날개가 공기의 저항을 극복하는 데 필요한 체온은 30도, 있는 힘 다해 허공의 계단을 짚으며 날아가던 나비의 근육이 터지기 직전 날개는 찢어질 듯 얇아지며 천천히 접혔다 펼쳐지는 동어반복으로 겨우 허공을 간섭하다가 끝내 꽃에게로 투신한다 그 순간의 고요함이란 가까스로 태풍의 눈 속에 들어가 먼바다를 건너는 나비의 꿈이 시작되었다는 에두름이다

하필 저 무거운 생이 나비라는 이름의 가벼움 앞에서 울지도 못할 때가 있는데 여름비가 채 그치지도 않은 꽃밭을 성급하게 날아다니는 나비를 바라보는 엄마의 염려가 거미줄에 분홍빛 물방울처럼 걸리는 것이었다

비문증

먼 하늘, 두 개의 점이 움직인다 사진에 하늘을 담으려다
가 점이 개입했는지 아니면 새를 따라가던 렌즈가 미처 하
늘만 가두어 놓았는지 저녁 해 떨어지기 전에 서둘러 집으
로 돌아가는 새 두 마리, 그맘때쯤 사람들은 제각각의 표정
과 포즈로 수변공원을 걷는데 설익은 과일들 서둘러 떨어져
뒹굴 때가 있다 아무도 관심 갖지 않는 하찮은 것들이었는
데 그 향기가 적극적으로 개입을 한 까닭에 저건 개복숭아,
이건 산사과, 가까스로 제 이름을 찾는다

새는, 이제 하나의 점으로 남아 폰 갤러리에 저장되지만
서둘러 집으로 돌아가려고 날갯짓 펄럭이는 노스탤지어,
하늘을 쳐다볼 때마다 비문증처럼 점들이 박혀 있는 거다
저건 내가 찍은 새, 라고 기억에서 불러냈더니 시도 때도 없
이 내 눈 속으로 날아온 새들 돌아오는 길 자동차 앞 유리까
지 따라와 줄을 긋는다

요로나, 요로나*

한 오백 년을 돌고 돌아 겨우 당도한 너의 갈빗대 사이 그 빈틈에서도 잉잉거리며 요로나, 요로나 우는 소리가 났었지 깨진 유리컵에 떨어지는 여름 새벽 빗소리 같다가도 대숲을 지나가는 한겨울 바람 소리 같다가도 어느 땐가는 내 몸을 헤집는 병의 발자국처럼 훌쩍훌쩍 흐느끼고 있었지

소리 너머의 소리가 있다면 저럴까 영혼이 너울너울 건너와 진흙 무덤 쓰다듬는 소리 아주 사라져 버릴 수 없을 때 혹은, 흔적 없이 사라지고 싶을 때의 그런 소리로 울고 또 운다 창문의 윤곽이 희미한 첫새벽이 될 때까지 저 혼자 시디플레이어 둥근 트랙을 빠져나오지 못하고 풍뎅이처럼 노래하는 늙은 여가수,

그 울음 속에서 흘러나온 흰 밧줄에 칭칭 감긴 슬픔의 진액 구멍 뚫린 진흙 가슴마다 채워 놓고 햇빛을 안는 자세로 말라 가는 잉카의 소녀 미라에게 영혼을 얹고 싶을 때처럼 나는 혼자 울다가 또 운다, 요로나 요로나

* 요로나, 요로나: 영화 〈프리다〉 OST 중 차벨라 바르가스의 노래 제목 「la llorona」를 '훌쩍훌쩍 울다'의 뜻으로 변용.

눈보라, 가학적인

멀리 눈보라 속을 걸어오는 네가 보인다 입 앙다물고 눈 질끈 감고, 그래도 덤벼 오는 놈이 있다면 그것도 속수무책 이마를 번들거리며 어디서부터 달려왔는지 너의 결기는 몽 블랑 만년설 꼭대기보다 더 빛난다 눈보라를 지나오려면 두 손에 힘 꽉 주고 안간힘으로 버텨야 한다

자동차들이 불빛 속을 번쩍이며 달려와 보았자 서로 으깨 어져 흘러내리면 눈도 아닌 것이 비도 아닌 것이 바람의 발 목을 잡는다 하아하아, 밭은 숨 몰아쉬며 언덕을 기어오르 면서 하얀 채찍으로 몰매 맞고 있는 겨울나무들

저 가혹한 시간들의 기울기에 맞서서 두 주먹 불끈 쥐고 건너오던 너는 멈춰 서서 묻는다 무엇일까, 이 차가우면서 적대적인 동시에 연약한 것, 사라지고 말 것이지만 그러면 서도 모호하고 아름다운 이것은? (압도적이면서도 친밀한 풍경 속에 사물들이 갇힌다)

느슨해지다

너는 느슨하게, 라는 말을 잘한다 그렇게 몸과 우주를 일치시키려는 심리 상태를 유지하는 것이 내 오랜 소망이었어 입버릇처럼 말한다 너의 목소리도 얼마간 느슨해져 있어서 말을 할 땐 늘 귀를 최대한 늘어뜨리고 너의 어깨에 기대어야 잘 들리기도 했다

그게 그리 쉽진 않아 그런 심리란 항상 괴물 같은 것이지 나를 도와주기도 하지만 나를 잡아먹기도 하는 것이어서 좀 더 평정한 상태를 유지하고 싶은데 잘 안 돼 아, 너의 영혼은 아마도 티베트의 라마승이 되어 가고 있는지도 모르겠군, 생각하는데 천천히 스며드는 물결처럼 내가 느슨해지는 것이었다

시멘트 계단 입구에 그림자를 겨우 걸치고 있던 나무가 혀를 늘어뜨리며 느닷없이 내게로 쓰러져 엎어지는 것, 도 같았는데 내 안의 어둠이 깨어지고 도저히 통과할 수 없을 것 같던 너의 마음이 다시 느슨해지는 틈을 타 목덜미를 적시며 환하게, 폭우가

사소한 연애

우리가 만났을 땐, 하찮고 사소한 이야기로 밤을 새웠으
면 좋겠어
그 하찮은 것들의 위대함이 우릴 떨게 할 때쯤

별이 돋았는가 싶었는데 사라지기 전에 그 꼬리를 잡고
자세를 바꿔 가며 기울어져 보는 거야

영혼이나 죽음, 이런 거 말고 울음이나
경전, 그런 거는 닫힌 문밖에 세워 둔 채

새벽빛이 옅어질수록 옷자락에 스며들어 접히는 바람 소
리에 기대
최초의 문자를 상상하며 수메르의 발음으로 표현해 보
는 거지

최선을 다해 밤을 새운 몸들에게 무엇이 채워지면 가장
아름다운지
그래서 찬란한 아침을 맞고
몸무게는 어떻게 변해 있는지 가늠해 보는 거지

\>

사소함이 어떻게 사소함 너머의 세계를 구축하는지 알
게 될 때까지
우리는 서로에게 의미가 되어 줄 거야

맞기도 하다가 틀리기도 하겠지만
절벽 같은 꽃이 피었다가 지는 그때가 연애의 순간이지

당신, 이라는 도시

　내 손목시계 위에 낯선 시간이 하나 더 표시되는데 바로 당신이라는 도시 내 손목을 간지럼 태우는 그 도시, 그 도시의 서쪽에 빌라 하나를 임대해야겠다 해변이라면 당신이라는 도시의 언덕 빌라에서 밥 먹고 해가 기울 때까지 물끄러미 바다를 보다가 시를 쓰면서 문득 생을 마치고 싶다는 슬픔 너머, 희고 차가운 슬픔 (파스칼 키냐르의 빌라 아말리아처럼 영혼이 고통을 돌아보는 그런)

　오늘 당신이라는 도시는 섭씨 37도 습도 80퍼센트 무덥고 습도가 높아 비도 자주 왔고 도시의 관계자는 폭염주의보와 폭언주의보 문자를 시민들에게 전송했다는데 나한테는 오지 않았어, 나는 아직 당신이라는 도시의 시민이 아닌가 봐

변명

　너를 만지기 위해 손을 내민다 당연히 네 마음을 통과할 수 있으리라 믿었다 살아가는 일이란 형체도 없지만 그 힘은 막강해서 그 막연함으로 나를 지배했던 시간들이 있었다 투명한 것이 얼마나 두려운 일인지 안다면 나는 애초에 꿈 같은 건 꾸지도 않았을 터이다

　그렇게 피 흘린 손가락이 천 개의 파장으로 너의 상처를 그리고 있을 때 시간은 흘러 일생이라는 깊은 골짜기의 책장으로 점철되는 것인 줄 몰랐다면 거짓이다 다만 그 날짜들을 건너며 흘렸을 눈물을 말없이 거울은 보았을 것이고 그 너머에 네가 서 있다는 것이 내겐 더 큰 아픔이었다 너의 표정이 시종일관 나를 빼다 박은 것이 슬펐던 것이다

저, 일렁이는 허공

덧셈이나 뺄셈이거나 아무런 의미를 논하지 않는 것들의
자아를 나는 허공이라 부르련다, 높거나 가장 낮은 바닥에
서도 존재하는 그것은 흔들리는 것을 담고 있기 때문이지
끝내는 함께 흔들리는 나무를 끌어안고 저 먼 산으로 성큼,
건너갈 것이기 때문이지

잊은 듯 가끔 들리는 새소리 맨발로 걷는 발바닥들의 비
명들 스스슷, 허공을 횡단하는 바람의 기척 문득 골똘해지
는 나무 아래 나, 혼자

초여름의 수목원에서 초록을 셈하기보다는 일렁이는 나
무가 공중을 끌어당기는 아련함에 발 디뎌 본다 아무것도
만져지지 않는다고 휘휘, 휘저을 때 바람이 손가락 사이로
빠져나가다가 한꺼번에 나를 들어 올리는 곳이 허공의 중
심이다

책과 놀다, 묶다

붉은 노끈으로 서가의 책을 묶는다 니체가 눈물을 흘릴 때, 사르트르의 구토와 함께 김광규의 육성과 가성을 묶다가 손가락을 접질리고 말았다 한때 내 목울대를 짓누르던 갑상선을 떼어 내고 목소리를 잃었던 적이 있었다 육성이 얼마나 살 떨리는 감동인지 그때부터 언어의 사원 앞에서는 별들의 오체투지가 시작되었다

저만치서 헤세의 고독한 영혼과 제인 오스틴의 오만과 편견 사이에서 납작하게 눌린 노네각시 한 마리 어딜 가려던 중인지 어디서 돌아오는 길인지 잭 케루악의 길 위에서 ㄱ 자로 꼬부라져 있다 그리고 아무 말도 하지 않는 창백한 얼굴의 전혜린처럼 내가 서 있다

이 많은 책들을 언제 다 옮기나, 책과 놀던 시간들이 내 허기를 채워 준 걸까 내 허영을 키워 준 걸까 나를 염殮하듯 책을 묶다가 문득 머리 없는 세상은 현혹, 혹은 바벨탑이라 말하는 엘리아스 카네티 앞에 나는 무너져 내린다 책들을 정리할 것이 아니라 차라리 내 머리통을 어디 아무도 모르는 곳으로 뚝, 떼서 던져 버리는 편이 낫겠다

깊다, 라는 말의 깊이

깊이란, 위에서 아래까지 혹은 겉에서 속까지의 거리를 말
하는 것인데
　파트리크 쥐스킨트*는 깊이에의 강요란 얼마나 허구인가를
썼는데

우포늪에 가서는 깊이를 논할 일이 아니다
자기도 모르게 수면의 고요한 격렬함에 젖은 사람들
가슴은 늪의 깊이에 가 닿아 있기 때문이다

그때 청호반새의 얼굴에 쓰인 표정을 살피며
우주의 검은 눈동자에 오래 침잠되어 있던 숨소릴 듣는다면
이미 그 깊이의 의미를 완성하는 것이나 다름없다

깊다, 라는 말의 속뜻은 얼핏 물렁물렁한 것들이 숨어 있어
제 속으로 끌어당겨 아득해지는 데 있다
그 아득함이야말로 헤어 나올 수 없는 깊이의 최선이다

가끔 깊이를 헤아릴 수 없는 것이 있다면
네 마음이 기별도 없이 먼 곳으로 여행을 떠났던 그 순간이다

• 파트리크 쥐스킨트: 『깊이에의 강요』를 쓴 독일 작가.

46

모로 눕다

따스하게 뎁혀진 동굴 속으로 파고든다 반듯하게 등을 대고 누우면 누구에겐가 미안해지는 밤 그녀는 모로 눕는다, 내장들이 한쪽으로 쏠리면서 출렁거린다 하루 종일 켜켜로 쟁여 두었던 물기를 당기는 순간이다

모로 눕는다는 것은, 지친 몸을 겸손히 접어서 밤에게 바치는 제물이 되어도 좋겠다는 것 속죄하는 어린양처럼 가지런히 모은 두 다리 사이로 뜨거운 것이 흘러 강가에 다다랐을 때 강물에 쓸려 가던 검은 돌들의 몸을 어루만지고 싶다는 것

일생을 이렇게 착착 접어 두었다가, 어느 날 미라를 발굴하는 낯선 손바닥의 온기를 느낄 것만도 같은 울다가 잠이 들었는지 짓무른 눈가에 싹이 돋아날 것도 같은 한 오백 년 전의 몸이여, 잠들기 전에 뒤척이다가 끝내 모로 눕고 마는 저 지극한 호모 사피엔스의 생각하는 자세여

강

강에 가서 우는 사람이 있다, 울음 끝에 빠질 수 없는 레퍼토리 물결을 거스르며 날아가는 돌멩이 쫓다가 차라리 죽어 버리겠다고 몸을 던지는 건 순간이다

그런 날 강가에 서면 어둠 속에서 마주치는 눈들이 서늘하다 마음을 다 털어 버렸다는 게 불안한 위안일지 다시, 두려움의 시작일지

강은 또 무슨 죄냐
저 무수한 애간장을
저 대책 없는 찌질함을
저 숨기고픈 치사함을
다 받아 삼키면서 흐르는 비애

강은 슬픔을 어루만지면서 흐르다가 울컥, 제 속을 다스리는 방편으로 돌부리에 그만 제 무릎을 꺾으며 주춤거릴 때가 있는데 물의 살결 위로 조심스럽게 내려앉던 저녁이 일렁이는 무늬로 화답하는 것이 결潔의 최선이다

의심은 나의 힘

어떤 다정한 목소리도 믿지 않는다 어떤 숫자의 전화번호도 저장하지 않는다 의심의 안테나를 세우고 내가 걸어가는 길도 믿지 않는다 나는 나를 믿지 못한다
나는 이제 나인가, 너는 정말 너인가

나는 비로소 평화롭다, 비밀번호라는 거 잊어도 그만 컴퓨터에 저장했던 무수한 정보들을 삭제하자 파란 화면에 깜빡거리는 커서의 간절함으로 너의 착지할 지점이 여기였던 것을 환기시킨다

나를 의심한 뒤로 모든 것이 잘 풀렸다 의심은 나의 힘 의심은 나의 버리지 못하는 외투
의심이라는 것은 절반은 나에게로부터 탈출하려는 의도와 나를 믿지 못하겠다는 불안함이 뒤섞인 몸부림이다

지하 식물원

꽃 무더기처럼 모락모락, 사람들이
지하철 출구를 빠져나온다
한동안 내부적이었을 그들은
손바닥으로 햇빛을 가린다

우리는 매일 내부의 삶을 산다
하늘을 본다는 건
패배자처럼 굽은 어깨를 잠시 펴게 하는
의례적인 습관일 뿐
점점 내부로 깊숙이 들어가
결국 바닥을 기어가는 벌레가 되어
구차한 목숨을 연명하는 중이다

잠자 씨의 그림자를 따라
검은 딱정벌레들이 줄줄이 기어간다
길의 내부를 통과하는 메트로의 세상이
푸른색 불빛으로 바뀌자
땅 밑에서는 실핏줄이 펄떡거린다

어두워서 좋은 습성이 몸에 배인 듯

거침없이 계단을 내려간다
지하상가의 불빛은 충분히 내부적이어서
밖으로 새어 나오지 않는다

궁리하지 않아도 어딘가로 데려다주는
내부의 길은
언젠가 내가 가서 누울 그곳처럼 환해져서
화려한 식물원 같다

가위

작은 정원에 몇 그루 과실수 가지치기를 하고 난 밤
잘려 나간 가지들이 절룩이며 현관문을 밀고 들어온다
가지마다 먼저 돋은 혀들이 말라 가며 지껄인다

소란스런 틈을 타 아침이 오기 전에 부러진 나무를 물고
창문으로 날아든 새들의 잘린 입들이, 깍깍
분절된 비명을 지른다

내게서 떨어져 나간 것들은 영원히 돌아올 수 없어
몇 날을 칭얼대다가 어느 기운 하늘 아래 스며들었나
나는 이제 지쳤다, 땡벌

이 층 테라스에 땡벌이 집을 지어 소방관을 불렀다
그 벌들 내뱉은 독이 질척거리며 달라붙어
도망을 가야 하는데 발바닥이 땅에서 떨어지지 않는다

잘려 나간 성대와 내 몸을 빠져나간 심장과
적출당한 의식의 회로가 엉킨 채
나는 빈 몸으로 너무 오래 살았다

\>

어젯밤은 좋은 꿈을 꾸고
맑은 오늘 아침에 세상을 뜨는 게 소원이다, 라고
부러진 가지로 적는데 흰 피가 흥건하게 고인다

소쩍새, 그저 울다

오늘 아침 푸른 멍처럼 꽃이 피었다고
소쩍새 그저, 운다
밤새 앓았을 네 정신의 허기에
푸르게 가두어 둔 게 있다면
욕망이라고 말하기에는 너무 모자라
우주를 떠도는 지구의 기울기로 최선을 다해
귀를 대고 너의 신음 소리를 들어야겠다

아무도 눈치 채지 못하게 네가 이미 꽃이 된 걸
온몸으로 알 때가 올 것이다
꽃은 누구를 위해 피는 것이 아니라
그저 너로 존재하기 위한 하나의 몸짓인 것이다

그러므로 학산 깊은 숲 나뭇가지에서
푸른 멍을 꽃이라 말하는 너여
잠잠히, 그러나 오래 들여다보라
그 번지는 초록 숲의 생이 얼마나 치열한지를

끈

얽어맨다
나뭇가지가 쓰러지거나 왜곡되지 않게
잡아당겨 고정시킨다, 팽팽하게

바로 자라라
튼튼하게 서 있어라
비가 오고 바람 불어도 너는 쓰러지면 안 된다

중심 없이 흔들리는 건 치욕이고
쓰러져 일어나지 못한다는 건 멸滅이므로
살아남으려면 이 끈을 꽉 잡고 있어야 한다

나뭇가지는 끈의 영혼을 빨아먹고
언젠가 제 하늘을 꿈꾼다

저 끈은 삭은 비애다
보풀이 일고 제 허리의 관절이 무너질 때까지
잉여의 시간으로 슬프다

끈이란 끊어지는 순간이 가장 아름다운 최후
나뭇가지를 놓아줄 때가 온 것이다

제3부

혼잣말이 늘었다

봄 한철 몽땅 고독에 바쳐야 하는 날들의 연속이었다
거리는 텅 비었고 사람들은 일상을 봉쇄하기 시작했다

나는 슬픔을 경작하던 땅 몇 평에
작은 씨앗을 던져 넣기 시작했다
어느 대작가의 문학관에서 그의 영혼을 훔치듯
받아 온 말의 씨앗들까지
싹을 틔우고 잎이 자라고 꽃을 피우기까지
마당에는 나의 식구들이 늘어나기 시작했다

눈 뜨자마자 마당에 나와
이름만 불러도 시가 되는 작은 풀꽃들에게
간밤의 안부를 묻고
사랑의 온도를 재고
투정 어린 잔소리까지 덤으로 얹으니
나날들은 얼룩을 조금씩 지우며 강물처럼 흘러갔다

어느새 꽃들이 마당을 지배하기 시작했고
사전처럼 불룩해진 나는, 점점 혼잣말이 늘었다

주먹 성배聖杯

날씨 풀리자 관절도 풀린 초로의 노인들
대구공대 운동장으로 모여든다
오체투지하듯 죽기 살기로 걸었는데
팬데믹 한파에 웅크린 주름만 더 깊어졌다
반가운 얼굴 오랜만에 만났다고
주먹을 맞대며 안부를 확인한다

주먹, 살면서 젊은 혈기 때문에 운 적이 더 많았지
책상 내리치며 사무실 문 박차고 나와
퇴근길 주점에 앉아 상사에게 감자 날리던 그것
미운 놈 한 대 갈기고 싶은 거 참고 달래
겨우 주머니에 찔러 넣으며 뇌던
주먹이 운다, 울어

오늘은 그의 주먹이 웃는다
은빛 머리칼보다 더 삭은 웃음 환하게
오래 맞대어 비비는 절박하고 겸손한 성찬식
저 성배 눈물겹다, 다정하다, 말해 줘야겠다
참혹한 시절을 건너서야
성자의 피는 뼈 속까지 스미는 것이다

물의 책

문득, 외로움에 대해서 생각할 무렵 비 쏟아진다
아무도 기다리지 않는데 창문 너머 절룩이며 당도하는
새벽빛

아무리 집중해도 재미없는 시집의 글자들 제대로 발음
되지 않고
자음과 모음이 자꾸 끊어져 문장은 오타투성이로 흘러
내린다

와이어 없는 브래지어를 풀고 살갗도 반쯤은 벗어 던진다
헝클어진 머릿속 집을 짓는 새처럼, 윙윙
딱딱한 날개로 습관처럼 돌던 선풍기도 끄고 나니

당신의 목소리처럼 빗소리가 선명하게 들린다
저렇게 확실한 물의 타이핑이 다 있나
심지어 운율까지 탑재하고 있는 완벽한 문장 아닌가

물의 소리를 받아 적는 밤이
아직도 몇 날은 계속될 것이라는 일기예보
물의 책이 곧 출간될 것이라는 뉴스다
젖은 책장 넘기다가 끝내 한평생이겠다

나무의 정치

나는 지금 이 가을을 망명정부의 시간이라 부르련다
봉인된 시간들의 피는 검은색으로 흘러가다가
피부색이나 이념에 상관없이 무차별적으로 스며들었다

혀가 있어도 최소한의 일용할 양식을 먹는 일 외에
누군가의 허락 없이 내밀었다가는 뽑히는 수가 있다

말들은 어디서나 철커덕, 잠기거나 사라져 버리기 일쑤
여서
안 보이는 바이러스에게 조종당한다는 생각
상식이 통하지 않는 날들은 밑줄 그은 문장으로 기록될
것이다

보이지 않는 감옥으로부터 겨우 탈출하여 단풍 보러 나
왔는데
시차에 갇혀 이쪽 산과 저쪽 산의 표정을 읽기에 또 급
급해진다

오전인가 싶었는데 어느새 저녁의 기미가 끼어들고
찢어진 깃발처럼 나뭇가지에 해쓱한 낮달 하나 걸린다

>
계절 따라 다정하게 다독여 주는 나무의 말씀을 받아 적으며
너희가 사람의 헌법이었으면 좋겠다, 간절해진다

돌담,

오랜 비에 후드득, 돌담 무너졌다는 전갈이 왔다 어머니
가신 지 일 년, 그보다 앞서 아버지 돌아가신 지 이태가 지
난 낮은 시골집

단단한 가장의 각오로 아버지가 돌을 하나하나 얹어 놓
으시면 마음의 눈물을 섞어 그 사이를 진흙으로 메꾸시던
어머니

무너질 때도 되었지, 일말의 안도감이 드는 것은 왜일까
너무 촘촘하거나 절절했던 그분들의 삶을 비로소 놓아줄 수
있다는 마지막 빗장을 이젠 채울 때가 되었다는, 생각

지탱하려는 힘과 놓아주려는 힘이 서로 결탁하여 여름날
처럼 피어나던 가계처럼 꽤 낭만적인 무늬를 이룬 아버지의
생애였던 돌담의 역사, 다음에는 어떤 말로 이어갈지 아직
은 막막하여 비 그치기만을 기다린다

하늘이 민망한 듯 내려앉아 젖은 내 무릎을 또 적신다 통
계를 뛰어넘은 우기雨期는 이제껏 해 오던 안부의 말이 생
소해지는 때라고 중얼중얼 비 오는 듯 나도 돌 하나 얹는다

>

돌담, 저 지극히 사적인 프레임이 사라질 때가 올 것이지만 나는 아직 바깥이다

꽃의 슬하

오롯한 날들 홀로 정 없이 흘러갔다고 말하진 않겠다
내 곁을 떠난 것들에 대한 그리움이 다는 아니었을 터

웬만해선 곁을 내주지 않는 외골수의 제 천성도 없지 않
았으니
누구 탓이라는 말도 오늘은 않겠다

마음에 얹혔던 몸 기어이 아파 한참을 집 비운 사이
탁자 위 난 꽃대의 슬하에 맑은 이슬 맺혔다

지문 닳은 내 손가락은 너무 뭉툭해
오랫동안 입속에서 고요하던 혀끝을 내밀어 대어 본다

아 무미한 저항의 이 맛, 꽃이라는 이름으로 호명되기에
너는 너무 힘든 길을 홀로 걸어왔구나

갸륵한 이마를 가진 것들의 안간힘이 찌르르, 혀끝을 잘
라 먹는다
서둘러 날 저물고 무너지는 것들이 입속으로 다 들어온다

\>

사람이여, 네가 가는 길 위에 웬 모래가 이리 많은가*

* 강은교의 시 「황혼곡조」 중에서.

달빛, Gradation

너에게 당도하는 동안 천 개의 얼굴을 지나야 한다 그 속에는 천 개의 울음 강이 흐르고 천 개의 이름을 가진 별들이 박혀 있어 새벽이 다 되도록 시린 손짓으로 펄럭인다

안단테, 아다지오 노래는 영원히 끝나지 않아 부르다가 내가 죽을 이름이 되고 거친 문밖에서 홀로 닿을 때까지 내 발목은 수없이 많은 언어를 밟고 또 걸어가야만 한다

생이란 이름에 갇혀 속수무책 무릎 접으며 너의 닫힌 창 앞에서 울고 서 있었던 적 많았다 창을 열면 거기, 네가 울고 서 있었다 그래서 가끔 이유 없이 내 마음이 아팠던 거다

반쯤 얼굴 가린 달이 돌아서는 시간 그림자는 아직도 사라지지 않아 가는 길목마다 네가 따라온다, 우린 암만해도 한 달빛 아래다

달의 혀

시월 매지리*의 밤은 축축하다, 산비알 내려가는 길에
는 산짐승의 발자국이 달빛을 피해 골라 디딘 흔적 뚜렷하
다 달이 저수지를 지날 때는 제 상처를 싸매는 짐승의 숨소
리를 내며 혀를 길게 늘어뜨리는데 마른 옥수숫대 겨드랑이
를 핥고 있던 달에선 누룩 냄새가 났다

(그 밤에 무슨 일이 있었나, 언덕 위 도드라진 마로니에
한 그루 넓은 나뭇잎이 온통 붉어지며 안절부절못했던 티가
역력하다 밤새 시달린 이파리는 달의 침으로 끈적이며 번들
거렸다 아침이면 꼬리를 감추는 검은 짐승들 실은 달이 데려
간 것이다 어둠과 뒤엉켜 밤을 탕진한 죄, 달이 긴 혀로 말
아 통째로 삼켜 버린 것)

달빛 아래 서면 서늘한 칼빛이 지나는 걸 본 적 있는 듯도
한 것은 우연이 아니다 달의 낭만이 난자당한 시대 달빛, 칼
빛, 눈빛 서로 닮아 가는 것은 비극일까 희극일까 의문을
일축하듯 꼬부라진 혀로 달의 고성방가가 흘러나오고 달빛
아래 있던 한 무리의 사람들 언덕처럼 기울었다가 사라진다

* 매지리: 강원도 흥업면 매지리.

반계리 은행나무

하늘을 가늠하고 있는 중이다 천 년을 향해 날아가려는 나무가 긴 팔 벌려 조곤조곤 소소한 목소리로 날개를 노랗게 다독이고 있는 중이다 그 작은 잎들마다 800년 동안 바람이 디딘 발자국 위로 고인 햇살 찍어 목판 위에 새긴 활자들 오래된 뿌리의 경전을 쓰는 중이다

세상에서 가장 위대한 건, 아직도 무엇인가 하고 있는 진행형의 생명들 죽지 않는 어머니 내 마음속에 넓은 가슴으로 점점 더 커질 때도 그랬던 것처럼 어머니라는 이름은 날마다 자라고 자라 세상의 딸들에게 확장되는 중인 것처럼

늦가을 강원도 문막 지나 반계리에서 발길 멈춰 보라, 은행나무의 혼에 깃든 대지의 모신이 천상의 금빛 자장가를 부르면서 멀리 언덕 위에서 둥기둥기, 사람의 마을을 달래고 있다

사이코패스

간밤 가을 무밭 멧돼지에게 파먹힌 하얀 종아리는 몇 개나 될까, 아침에 일어나 가장 먼저 확인하는 일 밤마다 그가 내 허벅지를 삐죽한 주둥이로 들쑤시다가 반쯤은 먹어치우는 꿈을 꾸었다 가위눌려 겨우 눈뜨면 허전한 가랑이 사이로 끈적한 땀이 흐르고 시든 무청처럼 함부로 구겨져 있는 홑이불

환한 대낮엔 기척도 없이 숨어 있는 저 짐승 그림자도 보이지 않는 치욕스런 욕망의 덩어리 밤 깊어 천지간 어둠뿐인 산속 작업실 노트북 불빛마저 차단하고 창밖을 노려본다, 그 야비한 출몰을 기다린다 찢어진 눈빛 광기에 젖어 푸흡푸흡, 거친 숨 몰아쉬며 샅샅이 땅을 헤집는 그 행태를 기어코 내, 보아야겠다

아랫도리에 힘을 준다 어서, 어서 나와 봐 내가 보는 앞에서 너의 욕망을 채워 봐 CCTV 사각지대를 골라 어린 소녀를 공격하는 사이코패스 가장 안전한 피난처가 감옥이더라, 역겨운 그 말 오랫동안 짐승에게 밥 먹이고 재워 준 죄를 우린 저지르고 있었다니

그 집엔 등대가 세 들어 산다

view는 최고였다, 바다가 보이는 전면 유리창엔
날마다 햇빛과 노을이 번갈아 커튼을 갈아 끼우는 집이다
하얀 레이스 커튼처럼 눈이 내리던 날은
입술이 유리창에 물고기처럼 붙어 버리기도 한다

바다가 작정하고 돌아보지 않으면
일 년 내내 파도 소리만 기웃거리다 마는 마을 끄트머
리 돌담집
가끔 심심한 바람이 슬쩍, 문고리를 잡아당기고 가는

등대가 한 바퀴 검은 바다를 비추다 팔을 내려놓을 때쯤
반짝, 사금파리 돌담 사이에 끼워 놓은 낮은 루핑 지붕
한쪽 끝이 신발코처럼 들려 있는 바닷가 그 집

지번에도 나오지 않아 번번이 누락되는 등대복덕방에서
나 알아보는
자투리 집, 하루에도 갈매기 울음이 수십 번 문을 여닫는
생生은 왜 비린내가 나는지 알고 있는 메타포의 공장
그 집엔 오랫동안 포구를 지키고 있던 빨간 등대가 세 들
어 살고 있다

백석처럼 울다

새벽 3시 가위눌려 납작해진 몸으로
엄마 엄마, 내 안의 아이가 울다가 깼다
팔월 분지의 열대야 한복판 열린 창문 밖
풋감도 놀라 뛰어내리고
열기 위에 빨갛게 수은주 높이 치솟는다

폭설이었다, 뗄 수 없는 발이 푹푹 빠지고 당나귀 타고
오는 시인이 나타샤를 부르면서 울었다 눈이 퍼붓는 밤길을
응아응아 울었다 폭설 속을 사라진 그가 북녘 하늘 아래서
얼마나 많은 별들을 보면서 절망했을지 눈의 옷자락을 들추
며 아기처럼 울다가 그칠 줄 모르는 눈에 파묻혀 마르지 않
는 눈물을 세고 있었다 꿈인 줄 알면서도 도무지 헤어나지
못하는 폭설이 폭염처럼 쏟아지는 꿈속

백석 평전을 읽던 밤
내 마음의 평정을 찾지 못하고 잠이 갈지자로 흔들렸다

문을 잠그다

철커덕, 문이 잠기고 구십 평생이 종료되었다

사진 몇 장, 성경책이 놓인 작은 탁자
낮은 베개의 꽃무늬 수놓인 커버에 은빛 머리카락 몇 올
눈물로 건너가던 새벽은 접어 둔 채
성급한 아침 햇살이 비집고 들어오는 창문
자주 멀미하던 그녀의 생을 지탱해 주던
제 혼자서도 흔들리던 안락의자 하나
덩그러니

이제 나는 엄마를 잠궈야 할 각오를 한다
사소한 일에도 찌르륵 전화를 걸면
대단한 사태 앞에서처럼 화들짝 놀라시던 것도
멈춰 드려야 한다
단돈 만 원짜리 꽃무늬 블라우스에
온통 세상 모든 꽃들 다 불러 모으듯 환해지던
그 감사도 이젠 고이 접어야 한다

정작 방 안을 서성이며 이것저것 더듬어 보니
도대체가 잠글 것이 없다

여전히 베갯잇에는 자잘자잘 꽃이 피었고
낡은 경전의 문장은 밑줄 그은 채 넘겨지고
의자는 흔들거려 온기를 뿜어 내고 있는 것이다

무대 위의 막이 내리듯 한 걸음씩 뒤로 걸어 나온다
자꾸 붙잡는 엄마를 매정하게 뿌리치고
황급히 밖으로 나온다, 딸깍
문을 밖에서 잠글 때가 온 것이다

그때 몰랐던 걸 지금도 몰랐다면

　자다가 발목을 삐었어요, 꿈속에서 아직은 따라오지 말라는 엄마를 죽자고 따라가 치맛자락까지는 잡았는데 안 된다! 매몰차게 뿌리치는 엄마의 매운 손 넘어지면서 발목을 삐었는데 일어나니 그림자까지 아파요 인터넷으로 찾아본 꿈 해몽 엄마의 매운 손이 나를 살렸대요 조금은 어른이 된 듯한 느낌이 들어서 웃어요 난 이미 엄마의 딸이 아니니까요 사진 속에서 웃고 있는 엄마의 엄마가 되었으니까요 언제나 엄마 말이 맞아요, 라고 한다면 난 아직도 어린아이 그래요, 엄마 말이 옳았어요

　그때는 왜 몰랐을까요, 엄마의 말이 내 말이 될 거라는 걸 요즘의 내 혼잣말이 엄마의 혼잣말이었던 걸 나중엔 내 딸의 혼잣말이 될 거라는 게 뻔한데 이제야 안다는 게 어쩌면 너무 빠른 건지도 몰라요 그때 몰랐던 건, 지금도 몰랐다면 난 아직도 엄마의 딸이 되어 그저 물장구나 치면 되었을걸요

　발목을 만져 주는 엄마의 손이 너무 아파요 손가락마다 천 개의 마음을 달고 어서어서 엄마의 딸로 돌아오거라, 콕콕 찔러요 넌 내 엄마가 되어선 안 된다 그러면 접질러진 내

가슴으로 죽기에는 너무 아프잖니, 참다가 끝내 나는 울고 말아요 서울에 있는 내 엄마들에게 전화를 해야겠어요, 밥은 먹었니?

아프지 마, 라고 네가 말할 때

한 사흘 대답 없던 톡에
깨알 숫자 사라지고 댓글 뜬다

주말엔 폰을 아예 책상 서랍에 넣고 지내
일찍 난로를 꺼 버린 탓에
감기가 왔나 봐
이제 난 좀 괜찮아졌지만
걱정했을 네가 더 걱정이야
너는 아프지 마

아프지 마, 라는 말 참 아프게 다정한 말
봄꽃 피려다가 꽃샘바람에 움츠러들 때
가는 입술 벌려 봄볕 받아먹고 있던
저 나뭇가지를 꺾어서 쓰는 말

어떤 색으로 피어날지 알면서도
난생 처음 본 색깔인 양 신기한 꽃잎 속
하얀 입김 같은 말

말에도 온도가 있어 느린 게이지 곡선으로 끌어올리다

노을 같은 발음으로 아프지 마, 네가 말할 때
아프다가도 나는 안 아프고 그래서 더 아프고

병원, 이라는 도서관

서두른다, 시와 함께하는 내 생의 날들이 얼마나 될까에
대한 검증인 것쯤으로 해 두자는 것은 구차한 연명延命의 은
유일 뿐

(머리끝부터 새끼발가락까지 쉬지 않고 감시하던 한 대
롱 붉은 언어를 뽑아 놓고 세 시간 후의 결과를 기다린다)

해가 뜨자 병들도 부스스 깨어난다, 링거병 달고 이리저
리 간밤의 수치를 확인하려는 헐렁한 환자복 아래 발목들
이 새파랗다

비장한 날갯죽지를 퍼덕이는 책 '새'를 끼고, 긴 복도 끄
트머리 턱없이 결연한 표정의 암 연구소 장기이식센터로
들어간다

안구은행 심장적출상담 처치실, 이 생경한 단어 앞에서
주눅 든다 누군가 문을 열다 말고 흠칫 사라진다 거대한 세
계의 조직 속 장기 하나 겨우 한 줄 언어의 빛으로 목숨을 연
명하는 시의 심장만 팔딱거리고 있는데, 나는

>

책을 펼친다, 두려움과 불안을 통째로 다 읽을 것만 같은 안구 하나 적출하다가 그만 미끄러져 굴러간다 흘깃, 시선들이 등에 박힌다 누구나 아프지만 아무도 아프지 않은 병원이라는 도서관

데스마스크

마스크는 마스크다
마스크로 입을 막을 수는 없다
마스크를 낀 입들이 거리에 나타나는 순간
말들은 난무하여 국경을 넘나든다
불안이 영혼을 잠식하고
마스크는 붉은 혀를 잠그기 시작했다
죽은 얼굴들이 거리를 활보한다

자, 이런 상황을 기록해야 해
남자는 책상 앞에 앉는다
페스트의 기억이 엄습한다
이건 괴기 영화나 추리소설이 아니다
데스마스크가 놓여 있는 중세의 흑백 그림처럼
21세기의 정물화
마스크를 낀 남자의 실제 상황
짙게 대비되는 음영이 화면 가, 득, 한,

제4부

공부

한 그루 나무가 숲의 시작이듯
한 걸음 발자국이 세상 모든 여행의 시작이듯
그 한 번의 눈빛이 사랑이었다

단 하나의 오롯함이 결코 하찮은 일이 아니라는 것
살아 보면,
슬퍼 보면,
아파 보면,

한순간이 일생을 집약한다는
단 한 번뿐인 인생
그 최선의 언어는 침묵이라는
이 나이에 겨우 알 것도 같은 제일 큰 공부였다

공부란, 배워서 익히는 기특한 게 아니라
도끼 구멍 속에서 두려움에 떨던 내 몸
스스로 베어 가며 겨우 깨달아 가는 공부鈤斧* 아닌가

* 공부鈤斧: 도끼 구멍 '공'에 도끼로 베다 '부'.

사라짐을 위하여

예술의 본질을 사라짐의 기술로 규정한 사람은 모리스 블랑쇼, 작가는 사라지고 오직 작품만이 남는 것이 먼저라는데 (작품은 안 보이고 작가만 넘쳐 나는 시대는 얼마나 남루한가)

그런 다음 작품 자체의 사라짐이 최상의 상태, 결과보다 실현이 중요하기 때문이라는 그 말에 감동하는 순간 책상은 한 조각 뗏목처럼 아득해진다 (나의 모든 작품은 연습일 뿐이라는 카프카에게 경의를)

드디어 자신을 감추고 사라지는 곳에서만 현존하는 문학은 본질적으로 비문학을 지향하기 때문이라니 (온전히 그 자체의 사라짐을 위하여 고통의 잔을 마시는 언어의 궁극)

독서의 끝에 꼬리를 달며 나를 동여맨다, 모호하고 고통스럽고 이 어려운 추구를 나는 또 열망하고 있지 말이다 피에르 자위*의 어깨에 슬쩍 기대서 바라보는 바깥은 여름, 절벽으로 태양이 뛰어내리고 모든 것이 사라진 후에 남는 것(이, 시다!)

* 피에르 자위: 『드러내지 않기, 혹은 사라짐의 기술』의 저자.

푸념에 기대다

어쩌면 내가 쓰는 시는 푸념일지도 몰라 뼈 있는 푸념, 생의 의미를 찾아가는 길에 주저앉아 이게 뭡니까, 울다가 질문하는 푸념 화해하기 위해 안간힘 쓰는 나의 안과 밖인 두 얼굴을 바라보는 푸념

부르튼 입술로 무릎을 꺾으며 당신에게 용서를 비는 푸념, 참을 수 없이 가벼웠던 내 생을 몸 밖으로 밀어내며 상실을 노래하는 푸념

현재를 과거형의 발음으로 바꾸다가 불안한 미래를 상상하며 생의 이목구비를 더듬는 푸념, 푸념들 아무리 옮겨 적어도 꾸지람을 듣는

무수한 푸념들이 모여 시간의 결紮을 만드는 것 일생이라 불러도 좋을 언어의 보푸라기들이 생의 소매 끝에 뭉쳐져 있을 나는 그것을 시라고 불러, 사소함에 기대는 말들 나의 그 애물단지들 앞에 무릎 꿇고 절하다가 나는 지극히 사소하게 죽음을 맞겠지, 그렇겠지

* '푸념하다'의 사전적 의미는 굿을 할 때 무당이 신의 뜻을 받아 옮기어 정성 들이는 사람에게 꾸지람을 늘어놓는 말.

간헐적 담론

죽음 너머에 부활이 있다고 믿는 것은 종교다, 끝이라고 말하는 그 너머에 또 다른 세계가 존재한다고 사라지는 것들을 다독이는 따뜻한 위로

경전은 그 한 묶음의 말씀들이 또 다른 의미의 부활을 꿈꾸며 오체투지의 과정을 온몸으로 겪으며 알아 가고 있기에 그 중심은 한없이 무거운 가벼움

읽고 또 읽고 쓰고 또 쓰는 언어로서의 유전과 번식을 거듭하다가 복원의 반성과 분화의 일탈을 지나 부활이라는 최종의 경지에 이르는 것이, 시라면

언어도 죽음 뒤에 부활한다, 단순한 언어의 표기가 뜻밖의 또 다른 의미로 남는 것은 그 말의 몸을 가로지르는 고통을 지나 만나게 되는 수많은 말의 주름들, 그중의 제일은 타락한 언어

그러므로 함부로 시를 끄적이는 손가락을 경계하라 시는 언어의 부스러기가 아니다 결코 잉여의 말들이 아니어야 한다고

아픈 몸을 끌고도 지금 시가 쓰인다는 것은 언어가 아, 름, 답, 게 타락하는 중이라는 절박한 위로

직립에 대한 변명
―삽

언젠가 한 번은 쓰러지고 말겠지, 다랑논에 나가 밤새 물꼬 트던 손에 잡혀 더 먼 곳으로 내던져진 그때를 생각하며 질척거리는 논바닥에 거꾸로 혀를 박고 죽는 한이 있어도 한때의 자존심처럼 서 있다, 한 자루의 삽

　　나는 이제 얼마나 더 버텨야 합니까
　　당신이 세워 놓은 그 자세가 최선입니까
　　저 초록의 어린 벼들이 푸른빛을 버리고
　　금빛으로 세상을 다시 쓸 때까지, 라고 말한다면
　　우린 대체 무슨 사이입니까

　　다만, 입속으로 흘러 들어오는 시간의 반죽 같은 것이 너무나 달콤해져서 내 다리의 힘이, 아니면 혓바닥의 위력이 점점 쇠할 때까지 아니, 어둠을 밀어내며 달빛이 푸른 침묵의 칼로 나를 쓰러뜨릴 때까지 한사코 그 자리에 서 있어야 한다면 별들의 비늘이 수북하게 떨어진 들판을 지나 잰걸음으로 아침이 당도해도 부디 당신과 눈도 마주치지 않기를

눈빛들
—시 창작 교실

시요일엔 언제나 그들이 온다
지혜의 숲 저 언덕을 넘어
타닥타닥, 동그란 뒤꿈치로 계단을 오른다

그런 저녁은 영락없이 신비에 싸여 비가 오거나
는개가 깔리며 알 수 없는 바람이 불기도 한다
그럴 때면 모두가 또 다른 나라의 시민詩民이 되어
눈빛부터 달라진다

나무에게는 나무의 언어로
구름에게는 구름의 울음으로 말을 걸고
심지어 그들만의 율법으로 죽지도 않는 그런
언어의 나라를 이루는 것이다

캘린더에도 없는 시요일은
영웅도 없고 오직 병기라 말하는 펜을 들고
다만, 언어의 신상神像을 다듬는 영역 속에서
승패도 없이 그들로서만 존재하는 것이다

아침의 전언

물어뜯고 또 뜯어라
매너리즘을 물어뜯고, 자꾸
주저앉고 싶은 네 엉덩이를 물어뜯어라

국어사전을 물어뜯고
사물의 뒤편을 물어뜯어라
축 늘어뜨린 네 어깨를 물어뜯고
물어뜯다가, 거울에 비친 낯선 얼굴을 보거든
하염없이 껴안고 울어라

다만 그 울음 끝이 환해지기를 기다려
자아의 거울을 깨부수고
매너리즘의 목록들을 찢어 버려라

그때서야 그 상처가 꽃으로 피어나
떨리는 게 있다면
시의 신비한 세계를 걸어가는 맨발에
경배하며 뜨건 입술로 입 맞추어라

─시가 쓰이지 않는 밤을 찢으며
아침이 독하게 열렸다

포이토피아*

네 걸어가는 길이 어디냐고 묻지 말아라
의심하지도 말고
다만 믿으라, 그리고 묵묵히 걸어가라

가다가 발목이 시리거든 발목을 자르고
아프다 내지르는 비명 소리에 귀마저 아프거든
고흐라는 사내가 잘라 낸 한쪽 귀를 갖다 붙여라

남루한 사람들 은밀하게 감춘 칼은 빛난다
쓰고 오묘한 언어의 병상에서
달고 오묘한 세계의 병든 언어가, 앓고 있다

반짝이는 시선이 언어의 최선이 되고
결국 시의 세계로 가는 포이토피아
나를 살릴 수도 죽일 수도 있지만 그 전지전능을
그 독배를 들고 즐겁게 춤을 추는 거지
나는 죽어도 살겠고 살아도 죽는 언어를 믿지

* 포이토피아: 시의 이상향을 의미하는 신조어.

요술 램프

'10·26은 아직도 살아 있다'
내 앞자리 칠십 대 할아버지가 두 시간째 책을 읽어요
이 무시무시한 제목을 폭염 중에 읽는다는 건
거의 폭발하기 직전의 수류탄 같다는 생각

옆자리의 청년은 꽃다발을 앞에 놓고 기다리다가 졸고 있
어요
헤어스타일이 구겨질까 봐 턱을 괴고 있는 희고 가는 손가
락이 비려요
아마도 고백하려는가 봐요
애인을 기다리기에 꽤 그럴싸한 자리죠

아, '투자의 미래'라는 책을 읽고 있는 저 중년의 남자는
역전의 용사가 되고 싶은 거예요
쓸려 나는 모래처럼 초조한 눈빛이 활자 위 나른함 사이로
쏟아져요

나는 무민 이야기로 유명한 토베 얀손의 '일과 사랑'을 읽
다가 덮고
(나는 요즘 누군가의 생을 엿볼 마음의 여력이 없다니까요)

맨발로 글목을 돌다, 공지영의 단편들을 읽고 있죠

잠깐, 그냥 바닷가에 앉아
먼 수평선을 바라보듯이 아스라한 눈길을 당신에게 보내
기도하는
여기는 알라딘의 종이로 만든 요술 램프죠
그리고 난 청바지 입은 세헤라자데예요

타이밍

온 사방이 책으로 둘러싸여 있고
급기야 천장까지 뚫고 오를 기세지만
북 카페는 저 혼자 심심하다

종아리가 굵은 저 청년은
책들에게 눈길 한번 주지 않고
태블릿 속으로 기어 들어가는 거북이

의자 밑에서 달달달 떠는 그의 짧은 다리가
내 독서의 행간을 절뚝거리며 지나간다

저 다리를 부러뜨리고야 말겠어!

아껴 마신 찻잔이 바닥을 보일 때까지
나는 책장을 넘기지도 못했는데
신경쇠약에 걸린 오후가 기운다

충혈된 눈알이나 빼 던져 버려야겠다
체념하는 순간

거북이가 태블릿을 덮고 일어선다

나는 죽고 그는 살았다

정오의 성소聖所

아픔 없는 인생 없다
상처 없는 삶이 없다, 나는
시의 입을 빌려 말했지

내 병도 스승이었고
꽃은 저 나무의 상처라고
가만히 고개 숙여 나를 위로했지

가시의 나중이 장미였거나
처음부터 가시였던 장미이거나
참을 수 없이 가벼운
혹은, 참을 수 없이 무거운 목숨들

말할 수 없는 것을 말하려고 할 때
그 간절함으로 장미가 핀다는 걸
오래된 저 담장만이 알고 있지

가시를 껴안았더니 장미꽃이 피었구나
울고 있는데
가시관을 쓴 그의 이마에 흐르는 피

나를 들어 올린다

장미를 받아 적는 저 담장에
잠언처럼 가시가 박히는
붉은 정오의 성소聖所

귀 스승

귀가 내 스승이다, 나의 이 말조차 너는 들어 줄까 듣고
싶은 것만 듣는 것은 귀가 아니다 얼굴이 끝나는 곳에 꾸덕
하게 말린 감처럼 달려 있는 달콤하지도 않은 기관일 뿐 귓
바퀴를 돌아 들어오는 동안 마음이 손 내밀어 잡은 문고리
가 횡격막을 따스하게 두드리는 게 귀의 가르침인데 회초리
를 듣지 않는다는 것 때문에 귀가 스승인 것을 모른다

나는 배운 게 없어 내 이름도 쓸 줄 몰랐지만
남의 말에 항상 귀를 기울였다
그런 내 귀는 나를 현명하게 가르쳤다
적은 밖에 있는 것이 아니라 자신 안에 있다
나 자신을 극복하자 나는 칭기즈 칸이 되었다

웅웅, 귀도 저를 오므려 닫을 때가 있다 바람 소리도 듣
지 못하는 입들만의 세상이 온다면 이쪽 귀가 저쪽 귀에게
로 옮겨 갈 마음을 접는 것이다 언제나 입들이 무성한 곳에
서 일은 터지고 견고한 지식이 벽을 만드는 것은 귀가 없기
때문이다 귀는 말과 생각 사이 당신과 나 사이를 돌아가는
로터리여서 언제나 열어 두어야 그곳으로 갈 수 있다

쓰는 사람

그이는 날마다 신작新作을 쓴다 햇살 환한 날은 눈이 부시다는 첫 줄을 햇살 없는 날은 흐려서 생각하기 좋은 날이라 쓴다 시의 주제는 그의 감각의 제국에서 쏟아지는 언어로 늘 새롭고 경이롭다

신작을 쓰는 한 그이는 죽지 않는다 아침이 오지 않은 적 없기 때문이다 비 오는 날 창문까지 굳게 잠그고 쓰는 신작은 젖은 문장에서 익사체가 발견되기도 하는데 누군가 손을 내밀어 그것을 꺼낼라치면 더 큰 손이 뻗어 나와 더 깊은 속으로 빨려 들고 만다

지난여름엔 햇살을 바라보기만 해도 질식하는 치명적인 신작을 썼다 그럴 땐 줄잡아 적어도 한 달 동안은 연쇄살인을 주제로 한다 햇살을 죽이는 일은 어떤 법에도 해당되지 않는다 이미 테두리 없는 감옥이기도 하지만 곧 가을이 온다는 미필적 고의가 담겨 있기 때문이다

그렇게 계절과 상관없이 햇살의 색을 받아 적다가 눈 머는 날은 그제서야 신작이 성공한 날이다 까무룩 눈꺼풀 닫히며 검은색인 줄 알았는데, 무한히 흰색으로 번지는 허공으로 그는 사라진다

도대체,
—작가들

　일면식도 없는 사람들이 모여든다 사방 각처에서, 제각
기, 각질 같은 시간을 견디지 못해 각이 진, 얼굴을 달고 사
각의, 여행용 가방을 밀고 들어온다
　비슷한 통속이지만 그들의 궁극은 그 한통속을 거부하는
데 있다 쥐 죽은 듯 고요한 한낮은 도대체 낮이 되길 거부하
고 끝내 고요와 적막의 공백만이 지배한다

　철커덕, 멧새들이 상수리나무 가지를 꺾어 대문을 잠근
다 어둠 속에선 유리창마다 불빛 고요하지만 어둠을 잘게
다지는 키보드 소리 때문에 밤은 도대체 밤이 되길 거부한
다 그들에게 밤은 새벽과 닿아 있는 검은 회랑일 뿐 해가 뜨
면 산짐승들의 출몰로 처참했던 간밤의 흔적들 아, 모두들
이 하루도 저 사각의 한통속이었구나 확인한다

　밥시간이 되면 후줄근한 후드티 핏발 선 눈 비비며 느릿
느릿 모여든다 처음 본 듯, 아니 방금도 같이 있었던 듯 무
덤덤한 얼굴로 사소한 소요를 비벼서 밥을 먹는다 그들은
한꺼번에 붉어지다가도 혼자 떨어지는 마로니에 잎처럼 끼
리끼리 가다가도 개별적으로 사라진다 어깨마다 구름을 걸
치고 등짝마다 어둠을 업고 온다, 간다

성에

십이월 삭풍이 밤을 더듬던 손가락으로 써 내려간 활자가
유리창에 빼곡하다, 살을 에며 말의 끝에 돋는 혓바늘 밤을
견디느라 까무룩 기절할 것 같은 별들이 새벽을 건너다가
창문 가장자리부터 차가운 발자국을 찍어 놓았다

더듬더듬 시간의 언덕을 내려가다가 묻는다 언제 내 인
생 더듬거리지 않은 적 있었나 눈먼 시간들이 밤의 장막을
드리웠고 이번 생은 아니라고 접으려던 손바닥을 밀며 당신
은 나를 더듬었더랬지, 아이를 낳았고 나무처럼 가계를 이
룬 건 그래도 더듬거리던 일 중에 제일 잘한 일

생의 건너편에 항시 무엇인가 덧대고 있는 것 같아 차가
운 결을 만져 보니 슬픔이라는 상형문자였다 손가락이 스쳐
지나가는 온기만으로도 눈물이 흥건해 귓바퀴를 돌던 뜨거
운 입김이 만든 흐린 얼룩 눈빛 하나로도 사라지고 마는 얼
음이었다가 깨지기 직전 유리창을 껴안고 피어 있는 저 꽃,
차가울수록 더 치명적인

무화과

꽃이 없다, 누군가 오래전 너를 그렇게 규정했지
달콤한 혀가 없으므로 벌들도 날아오지 않는다

너는 여름이 지나도록 한 번의 꿈조차 머물지 않는
불면의 밤을 건너오느라
푸른 잎사귀 안쪽에서 작은 주먹을 오그리고 있다

너는 부재하는 존재의 대명사로 불린다
한 번도 누구 앞에서 꽃잎의 노랠 부른 적 없다

너는 크낙새 날개처럼 넓은 잎 속에 숨어
달밤의 산책길에 떨리는 내 목소릴 들었을 뿐이다
그 후로부터 이유도 잘 모른 채 너는, 내 아득한 슬픔이
되었다

수태할 수 없는 여자의 자궁처럼
저 혼자 뜨겁다가 마는 불임의 치욕으로 몸을 떨던
새벽, 차라리 죽었으면 좋겠어

차가운 손잡이가 달린 칼로 내 몸을 쪼개니

놀라워라, 투명해서 더 아플 것 같은 씨앗 여럿 품고
거기 온몸으로 피워 낸 붉은 꽃이, 활짝

풀잎, 또는 벽

당신은 도대체가 벽이야!

벽이 벽에게 소리친다

벽은 벽에게 부딪친다

벽이 벽 속에 들어간다

벽과 벽이 밥을 먹는다

벽과 벽이 섹스를 한다

벽이 벽으로 젖는다

그 벽들의 틈새를 비집고 올라오는 파란 풀잎 하나

그게 바로 나의 시였다

에필로그

한 달을 일생처럼 살아 본 적 있는지 해가 뜨고 한낮의 긴 그림자 지워지고 신비한 저녁이 오고 오오, 별이 빛나는 그 밤을 건너 새벽이 뜨거운 우주를 펼치는 걸 온몸으로 만난 적 있는지 아이는 자라서 어른이 되었고 그 파르스름하던 귓불에 물기가 빠지고 윤기 나던 머리칼에 하얀 서리가 덮이는 걸 한 달 사이에 다 본 적이 있는지 빛나는 그의 등을 만져 보지만 허공이었고 목소리는 들리지만 참을 수 없이 아득한 꿈이었던 적 있는지 사랑이라는 게 어떤 것인지 왜 끝내 신은 사람의 그 아릿한 시간만을 우리의 일생이라 말하는지 그러다가 울컥, 울음 쏟아 내어 본 적 있는지

책을 덮는다,
나는 이제 일생을 다 살아 버렸다

가벼운 시를 위하여, 그 꿈

김주연(문학평론가)

이젠 원로의 반열에 들어선 이시영 시인의 시집 『나비가 돌아왔다』의 해설을 마악 쓰려고 하는 마당에 강문숙 시인의 시집 『나비, 참을 수 없이 무거운』 해설 의뢰가 들어왔다. 갑자기 웬 나비 두 마리? 이시영에 대한 해설은 30년 만에 두 번째인데, 강 시인은 30년 만에 처음이다. 집필 중인 책도 있어서 사양할까 했는데 1991년, 1993년 두 번에 걸쳐 강 시인이 등단할 때 하필 두 번 모두 내가 심사석에 있었다니, 그 우연이 그야말로 참을 수 없는 존재의 무거움으로 다가왔고 결국 그의 근작들을 읽어 보게 되었다. 어차피 그동안 그의 시 농사가 궁금하기도 하던 터였다.

1.

강문숙의 이번 시집은 치열하고, 다소 과격한 느낌마저
준다. 몸의 상처, 마음의 상처, 결핍감, 정의로움의 감각
등등은 모든 시인의 운명적 자산이겠지만 이즈음의 강문숙
에게 있어서 그것들은 꽤 커 보인다. 게다가 매우 왕성한 에
너지까지 느껴진다. 젊은 날 희망을 노래하고 생명의 따뜻
함을 어루만졌던 시인, 장년에 들면서 그 호흡이 거칠어진
까닭이 무엇일까. 연륜 가운데 단련된 강인함인가, 절망적
인 세계를 향한 비극적인 메시지인가. 다소 처연한 마음으
로 전 4부에 걸쳐 있는 적잖은 작품들을 일별해 본다. 시집
첫 작품부터 심상치 않다.

작아서 온몸인 것들의
저 치열함이
세상 모든 문들을 열고 닫는다

똑, 딱, 단호한 절규가
가슴마다 결연하게 박혀 있어서
온몸이 온 입인 채
날개도 없는 몸짓이 일생인 채
모순의 접점에서 하나가 된다
　　　　　　　　　　　　—「단추」 부분

단추의 운명을 그린 시인데, 작은 크기로 주목받지도 못하면서 의외로 중요한 일을 담당하고 있는 단추! 재미있는 시다. 그러나 여기서 그 분위기는 사뭇 비장하다. 제대로 기능을 발휘해야 옷을 입고 벗을 수 있으니 단추는 만만찮은 역할을 하고 있는 것이 분명하다. 그러나 대뜸 "저 치열함이/ 세상 모든 문들을 열고 닫는다"고 시의 문을 열어 버림으로써 뒤에 올 전개를 기대 반, 불안 반으로 숨죽여 기다리게 한다. 아니나 다를까, 한 행 건너 다음 행은 바로 "똑, 딱, 단호한 절규가/ 가슴마다 결연하게 박혀" 있는 것으로 묘사되는데, 그 모습은 묘사라기보다 시인이 '박는' 망치질에 가까운 금속성의 이미지를 강하게 그려 낸다. 시인에게 단추는 왜 이렇게 차갑고 단단한 물질로 다가왔을까…… 그는 '어지럽기' 때문이다.

　　가만있어도 이가 딱딱 부딪히는

　　엄동설한, 봄이 오길 기다리듯

　　간절하게

　　얼어붙은 우주의 옷깃을 잠근다

　　하루에도 몇 번씩 열고 닫아야 하는 것들로

　　나는 어지럼증을 달고 산다

　　　　　　　　　　　　　　　　　—「단추」 부분

시는 끝난다. 단추를 끼었다 풀었다 하는 일이, 요컨대,

어지럽다는 것이다. 그러나 그 어지러움은 단추 자신의 증상이기도 하다. 단추는 시의 대상이자 시적 자아이기도 한 것이다. 가장 건강한 것은 병들어 있는 것이라는 말은 토마스 만이 했던가. 강문숙 시인도 몸이 아픈 것 같다. 그럴 수밖에 더 있겠는가. 타락하고 오염된 세상, 그 속으로 외출하고자 옷 입고 단추 끼는 일—어찌 어지럽지 않고 그 속을 드나들 수 있겠는가. 그 어지러움은 세상 모든 문을 열고 닫는 단추의 것이기도 하다. 작은 것은 단추뿐만이 아니다. 시인 자신도 작다. 이러한 자의식이 시인 스스로를 약간 공격적으로 방어하도록 하면서, 그 행간에서 시를 생산해 내는 것 같다. 그 과정은 '어지럽다'.

뭘까, 죽은 언어를 살리는 시인의 존재는
남들이 보면 세상 쓸모없는 호작질이라 웃지만
맑은 이슬 속에서도 뼈를 찾고
풀잎 속에도 칼이 있어 파란 피를 보고 말 것이라는

부서지지 않고 온전히 제 몸으로 솟아올라
향기를 만들어 내는 투명하고 붉은 것
작아서 온몸인 저 말들에게
나는 미안하다, 미안하다 오래 울고 있겠다
　　　　　　　　　　　　　　　—「작아서 온몸인」 부분

맑은 이슬 → 뼈, 풀잎 → 칼로 이어지는 시의 생산과정에 강문숙의 시적 상상력이 있는데, 그 형태는 날카로운 물질, 혹은 육체적인 모습을 띤다. 따라서 그 상상력은 은밀하게 잠복해 있다기보다는 삐쭉 돌출의 지향성을 지니면서 시적 표현을 찾아 움직인다. 상상력을 형성하는 물상 전체(온전히 제 몸으로 솟아오른, 다고 하지 않는가)를 담을 수 있는 시의 언어 찾기며, 따라서 그 모습은 전면적이다("마침표를 찍은 어떤 생이/ 다시 한 우주를 밀어 올리느라", 「씨앗」). 그 형태가 전면적인 상상력을 통해 표현의 욕구를 나타낼 때에도 도저히 '어지럽지' 않을 수 없어 보인다. 거의 모든 시는 이러한 경험의 소산이고, 시인은 그 아픔의 과정을 거쳐 간다. 강문숙의 경우 그 음성은 다소 강하지만 비극적인 메시지의 울림만을 지녔다고는 할 수 없다. 그러나 메시지가 향하고 있는 이 세상은, 많은 시인들이 바라볼 때에 절망적인 것이 현실이다. 강 시인의 시는 바로 이 절망적 세상에서 절망하지 않고자 하는 소망의 신음이자 향기다. 절망과 향기 사이의 거리는 이때 단련된 강인함의 거리를 포함한다, 마침내 시인은 4부 끝의 시에서 이렇게 적는다

　　　당신은 도대체가 벽이야!

　　　벽이 벽에게 소리친다

　　　벽은 벽에게 부딪친다

…(중략)…

벽이 벽으로 젖는다

그 벽들의 틈새를 비집고 올라오는 파란 풀잎 하나

그게 바로 나의 시였다

—「풀잎, 또는 벽」 부분

결국 30년간의 세월과 내공을 시인은 "공부工夫"라는 말
로 드러냄으로써 자신의 아픔은 물론, 그것이 지닌 시의 의
미와 그 축적을 보여 준다. 여기서의 "공부"란 시「공부」가
말해 주듯이 "공부란, 배워서 익히는 기특한 게 아니라/ 도
끼 구멍 속에서 두려움에 떨던 내 몸"이다. 절망적인 세상
을 가리키는 하나의 벽을 마주하는 또 다른 벽인 나, 그것
이 시적 화자이다. 화자이자 자아인 시인은 벽이 되어 벽에
부딪친다. 아플 수밖에 없고 강인한 울림이 배어 나올 수밖
에 없다. "벽이 벽으로 젖는" 상황이 마침내 다가오고 풀잎
하나 그 벽들 틈새에서 솟아난다. 1부 첫 시에서 4부 마지
막 시가 이렇게 연결되면서 "책을 덮는다, 나는 이제 일생
을 다 살아 버렸다"(「에필로그」)고 시인은 에필로그를 통해 비
장한 선언을 한다. 그 선언은, 그러나 논리적이기는 하지
만 시적이지는 않다, 시인은 훨씬 음험하게 숨어야 한다.

2.

    강문숙의 시에는 흥미 있는 장치가 있다. 「눈보라, 가학적인」「당신, 이라는 도시」「병원, 이라는 도서관」 등등의 제목처럼 많은 시의 제목들이 '이라는……' 식으로 끊어져 있다는 점이다. 어떤 명사를 내세우면서 그것을 수식하는 관형어를 뒤로 돌리거나, 세칭 '……하다'는 식으로 개념이나 사물에 의심을 던지는 수법을 즐기는 것인데, 이는 시의 논리성을 완화시키는 재미를 줄 수 있다. 시인은 확신의 선포자라기보다 느낌의 창조주 아닌가. 그런 의미에서 「혼잣말이 늘었다」 같은 시는 시의 새로운 개안을 보여 주면서 이같은 흥미를 이끄는 전환점이 될 수도 있다. 코로나 팬데믹이 주는 뜻밖의 선물일까. 모든 것이 불분명해진 세상을 향한 시니시즘의 냄새도 난다

나는 슬픔을 경작하던 땅 몇 평에
작은 씨앗을 던져 넣기 시작했다

…(중략)…

눈 뜨자마자 마당에 나와
이름만 불러도 시가 되는 작은 풀꽃들에게
간밤의 안부를 묻고
사랑의 온도를 재고

투정 어린 잔소리까지 덤으로 얹으니

나날들은 얼룩을 조금씩 지우며 강물처럼 흘러갔다

어느새 꽃들이 마당을 지배하기 시작했고

사전처럼 볼록해진 나는, 점점 혼잣말이 늘었다

　　　　　　　　　　　　　　—「혼잣말이 늘었다」부분

　그렇다. 시는 혼잣말인 것을, 이제 시인은 알아차렸다.
이 깨달음을 통해서 시인은 외롭지 않게 된다. 더 정확히 말
한다면, 언어를 파트너로 하는 풍성한 고독의 잔치를 벌이
게 된다. 강문숙이 "사전처럼 볼록해진 나는, 점점 혼잣말
이 늘었다"고 고백했을 때, 그는 이 잔치의 초대자이자 볼
록해진 사전의 편집자, 그 모든 것을 경영하는 시의 성, 그
성주가 된 것이다. 그 시인은 "나는 아직 당신이라는 도시의
시민이 아닌가 봐(「당신, 이라는 도시」)" 하면서 섭섭해하지만,
사실상 그는 이미 그 도시의 입주민이다. 그 도시란 도시
안 서쪽에 그가 빌라 하나 임대하고 싶은, 그 안에서 물끄
러미 바다를 보고 싶은, "희고 차가운 슬픔"의 도시, 즉 시
의 성이다. 시인은 그 도시를 "당신, 이라는 도시"로 부르는
데, 이때 당신은 그리움의 호명이면서 현실적인 실체의 부
재를 동시에 뜻한다. 그 도시는 없는 나라, 시의 나라이다.
', 이라는……' 시의 제목은 그 자체로 개념화, 보편화를
거부하면서, 다른 한편 사물과 개념에 대한 시니컬한 세계
관을 내보여 준다. 말하자면 시인은 '난 잘 모르지만 그렇

대……' 식의 태도를 나타내는 것으로써 부정이나 절망의 길 위에 있는 언설일 수 있지만, 세계관으로 말한다면, 본질적으로 시적이다. 왜냐하면 이러한 심리적 과정을 거쳐서 시가 혼잣말이라는 근본적인 인식에 도달할 수 있기 때문이다(그러나 빈번한 사용은 모든 클리셰의 사용이 그러하듯 바람직하지 않을 수 있다). 이 과정을 잘 보여 주는 시가 「의심은 나의 힘」이다.

어떤 다정한 목소리도 믿지 않는다 어떤 숫자의 전화번호도 저장하지 않는다 의심의 안테나를 세우고 내가 걸어가는 길도 믿지 않는다 나는 나를 믿지 못한다 나는 이제 나인가, 너는 정말 너인가

…(중략)…

나를 의심한 뒤로 모든 것이 잘 풀렸다 의심은 나의 힘
의심은 나의 버리지 못하는 외투
의심이라는 것은 절반은 나에게로부터 탈출하려는 의도와 나를 믿지 못하겠다는 불안함이 뒤섞인 몸부림이다
　　　　　　　　　　　　　　　—「의심은 나의 힘」 전문

사물의 정체와 그에 대한 자신의 느낌마저 회의하는 마음은 "혼잣말"에 이르는 불가피한 길이리라. 거기에 시가 있고, 자신만의 언어가 있다. 그러나 강 시인의 치열함에

는 치열한 모티프가 있어 보인다. 시인 자신의 병에 이어, 최근에 찾아온 모친의 죽음은 삶과 죽음이라는 명제에 큰 갈퀴를 남기고 지나간 듯하다. 시인이 이로부터 얼마나 큰 영향을 받았는지는 병원을 도서관으로 부르는 데에서도 우선 엿보인다

　　해가 뜨자 병들도 부스스 깨어난다, 링거병 달고 이리저리 간밤의 수치를 확인하려는 헐렁한 환자복 아래 발목들이 새파랗다

　　…(중략)…

　　책을 펼친다, 두려움과 불안을 통째로 다 읽을 것만 같은 안구 하나 적출하다가 그만 미끄러져 굴러간다 흘깃, 시선들이 등에 박힌다 누구나 아프지만 아무도 아프지 않은 병원이라는 도서관

　　　　　　　　　　　　　　　　—「병원, 이라는 도서관」부분

　　병원을 도서관이라고 생각한다든가 누구나 아프지만 아무도 아프지 않다는 인식은 병들어 있음을 건강이라고 말한 소설가의 고백만큼이나 인생에의 통달을 전해 주는데, 여기서 시인은 바야흐로 시적 정진의 우듬지에 이른다. 시는 밖의 현실을 묘사하고 거기서 사회적 모순과 구조의 핵심을 비판해 내는 소설과 달리, 자아라는 개인 속의 세계를 그려

내면서 그 우주 된 보편성을 보여 준다. 이때 우주일 수 있는 보편은 대체 어떻게 그 속을 보여 줄 것인가. 죽음의 끝까지 말해 줄 수 있는 도저한 경험과 감성 아니겠는가. 강문숙이 병, 혹은 모친의 죽음을 통해 다다른 그 무거운 아픔의 경험은 역설로써 그의 시를 가볍게 할 수 있다. 그러나 아직 그의 시는 "참을 수 없이 무거운" 상태에 머물러 있다. 그 안타까운 정황은 이렇다.

하필 저 무거운 생이 나비라는 이름의 가벼움 앞에서 울지도 못할 때가 있는데 여름비가 채 그치지도 않은 꽃밭을 성급하게 날아다니는 나비를 바라보는 엄마의 염려가 거미줄에 분홍빛 물방울처럼 걸리는 것이었다
—「나비, 참을 수 없이 무거운」부분

세 부분으로 나뉘어진 이 시는 첫 부분에, 가벼울 수밖에 없는 나비의 운명이 반드시 그렇지 않을 수도 있다는 중요한 시사를 담고 있다. "날갯짓의 무게는 참을 수 없이 무거운 것일지도 모른다"면서 시인은 엄마가 꽃밭 근처에도 못 가게 했음을 밝힌다. 다음 부분에서 나비는 가볍지 않고 오히려 무거워서 "나비의 근육이 …(중략)… 천천히 접혔다 펼쳐지는 …(중략)… 겨우 허공을 간섭하다가 끝내 꽃에게로 투신한다". 시인은 "그 순간의 고요함이란 가까스로 태풍의 눈 속에 들어가 먼바다를 건너는 나비의 꿈이 시작되었다는 에두름"이라고 적어 놓는데, 이 시집 전체의 은밀한 메시지

가 함축되어 있는 중요하고 아름다운 대목으로 주목된다. 이 시의 모티프는 '엄마의 죽음'이며, 시인은 그 앞에서 존재의 절체절명한 모습에 직면한다. 모든 존재의 가열한 엄혹성을 휘발시키는 시의 힘이 가벼움에 있다면, 일순 삶과 죽음의 무거움 앞에 그것이 흔들리는 순간이 온다. 하기는 삶과 죽음뿐이랴. 세상에는 숱한 무거운 명제가 깔려 있는데, 어디 나비가 가볍게 날 수 있겠는가. 나비의 꿈은 태풍의 눈 속에 들어가 먼바다를 건너는 것. 우리는 모두 시인 강문숙과 함께 그 꿈을 꾼다. ―나비의 꿈은 시인의 꿈이다.

강 시인의 이 시집은 내게 바하만(Ingeborg Bachmann)의 「유예된 시간」을 연상시킨다. "훨씬 모진 날들이 온다"로 시작되는 그의 시들과 강문숙은 거의 한 세기 가까운 거리를 두고 있지만, 그리고 대상이 된 절망의 세상이 안고 있는 어둠의 본질, 그 색깔이 다르지만 예언적 음색은 사뭇 비슷하게 들린다(특히 「눈보라, 가학적인」). 그러나 바하만이 나치의 폭압을 대상화한 것에 비해 강 시인의 그것은 다소 개인적이다. 그렇기에 강 시인의 나비는 보편성의 가벼움으로 다시 날아오를 수 있는 가능성과 잠재력을 지니고 있고, 또 그래야 하는 시적 필연성 앞에 서 있다. 때로 그 무거운 고통은 종교적 성화의 경험과 만나면서 승화와 지양의 순간을 갖기도 하는데 그 또한 소중한 문학적 초월과 비견된다.

가시를 껴안았더니 장미꽃이 피었구나
울고 있는데

가시관을 쓴 그의 이마에 흐르는 피
나를 들어 올린다

장미를 받아 적는 저 담장에
잠언처럼 가시가 박히는
붉은 정오의 성소聖所

　　　　　　　　　　—「정오의 성소聖所」 부분

　시가, 가벼움의 힘이라는 전통적인 문화의 위력에 바탕
을 두고 있다면, 강문숙이 거쳐 온 시적 고통의 과정과 경험
은 우리 시의 뼈대를 더욱 튼튼하게 하면서, 지금까지의 그
무거움은 이제 힘든 이 시의 땅 위를 딛고 가볍게 이륙할 수
있을 것이다. 무거움이 기화되어서 피어오르는 가벼움, 그
힘. 아름답고 풍성한 꽃들의 환송을 받으면서.